HOTEL DROUOT
SALLE N° 11

VENTE des 22 et 23 Mai 1907

EXPOSITIONS

Particulière : Le Mardi 21 Mai 1907

Publique : Le Mercredi 22 Mai 1907

AVANT LA VENTE

Tableaux Anciens

PASTELS, MINIATURES, BOITES

DENTELLES

COMMISSAIRE-PRISEUR

Mᵉ Raymond PUJOS

Rue de Maubeuge, 29

EXPERT

M. Gustave LEGAY

57, Rue Condorcet, 57

CATALOGUE

DES

TABLEAUX ANCIENS

Pastels, Miniatures, etc.

DONT LA VENTE AURA LIEU

HOTEL DROUOT -- SALLE N° 11

Les Mercredi 22 et Jeudi 23 Mai 1907

à 3 heures

Me Raymond PUJOS	M. Gustave LEGAY
COMMISSAIRE-PRISEUR	EXPERT
29, *Rue de Maubeuge*, 29	57 - *Rue Condorcet* - 57

EXPOSITIONS

Particulière : Le Mardi 21 Mai 1907, de 2 h. à 6 h.

Publique : Le Mercredi 22 Mai de 1 h. 1/2 à 3 h.

Avant la vente

Conditions de la Vente

Elle sera faite au comptant.

Les acquéreurs paieront 10 o/o en sus des enchères.

L'Exposition permettant au public de se rendre compte de la nature et de l'état des objets, il ne sera admis aucune réclamation une fois l'adjudication prononcée.

L'ordre numérique du Catalogue sera suivi rigoureusement en ce qui concerne les tableaux.

Le Mercredi 22 Mai 1907 seront vendus les n⁰ˢ 1 au 26 et une partie des objets d'art.

Le Jeudi 23 seront vendus tous les autres numéros.

TABLEAUX

PASTELS, AQUARELLES, DESSINS, GRAVURES

1 — ÉCOLE ANGLAISE. Lutte de chevaux.

2 — ÉCOLE ANGLAISE. Portrait de jeune homme.

3 — ÉCOLE ANGLAISE. Deux petites gravures anciennes : Le Printemps et l'Automne.

4 — ÉCOLE HOLLANDAISE. Marine.

5 — DUGHET. Pélerins aux environs de Jérusalem.

6 — ÉCOLE DE TÉNIERS. Les tentations de Saint-Antoine

7 — ÉCOLE ANGLAISE. Méditation.

8 — ÉCOLE ANGLAISE. Buste de femme sur cuivre, ovale.

9 — ÉCOLE ANGLAISE. Ovale faisant pendant avec le précédent.

10 — FERG. Deux petits panneaux, intérieur avec figures.

11 — WESTALL. Deux gravures anciennes en couleurs.

12 — WHEATLEY. Deux autres gravures anciennes.

13 — ROMNEY (Attribué à). Portrait d'un peintre.

14 — CONSTABLE (Attribué à). Charmant petit paysage avec lac et cygnes.

15 — REYNOLDS (Attribué à). Etude d'enfants.

16 — WILKIE. Pêcheurs au bord d'une rivière. Signé.

17 — ÉCOLE HOLLANDAISE. Débarquement en Asie.

18 — WOUWERMANS (Pierre). Campement de guerre.

19 — WILSON. Scène de ferme au xviiie siècle.

20 — GUIDO RENI. La Madeleine. Cadre ancien bois sculpté.

21 — ÉCOLE FLAMANDE. Paysage avec figures.

22 — ÉCOLE FLAMANDE. Portrait d'homme.

23 — VAN OSTADE (Attribué à). Le cabaret du Cygne.

24 — LANDSEER (École de). La chasse au faisan.

25 — RICCI. Tête d'apôtre.

26 — BELLOTTO. La baie de Naples.

27 — VERNET (Attribué à Joseph). Baigneuses.

28 — POUSSIN. Paysage avec figures.

29 — POUSSIN. Paysage avec figures.

30 — JORDAENS (École de). La femme à la coupe.

31 — LE DOMINIQUIN. Paysage animé de figures et troupeau de moutons.

32 — HOLBEIN (École de). Portrait de Lord Bacon.

33 — ÉCOLE FRANÇAISE XVIII⁰ SIÈCLE. Scène champêtre. Cadre bois sculpté ancien.

34 — SALVATOR ROSA. Berger avec son troupeau de moutons, chèvres et vache.

35 — VAN DE VELDE. Marine.

36 — HEEM (De). Poissons.

37 — DESPORTES (Attribué à). Coq vivant et nature morte.

38 — GREUZE (Attribué à). Jeune fille en prière.

39 — ÉCOLE ALLEMANDE. *Le bon chemin qui conduit au ciel et le mauvais qui conduit à l'enfer*. Grande composition allégorique du commencement du xvıı⁰ siècle. Cadre en bois sculpté et doré.

40 — TURNER (Attribué à). Marine à Venise.

41 — ÉCOLE FRANÇAISE XVIII⁰ SIÈCLE. Portrait de femme. Très beau pastel ovale.

42 — RUYSDAEL (Attribué à). Paysage avec figures.

43 — LARGILLIERE (Attribué à). Portrait d'un gentilhomme
Cadre ancien en bois sculpté et doré.

44 — PANINI (Genre de). Ruines avec figures.

45 — REMBRANDT (Attribué à). La clémence du roi David.

46 — WOUWERMAN. Attaque dans un village.

47 — ZURBARAN. Saint Jean de Dieu prodiguant ses soins aux
orphelins des marins.

48 — VERNET (Attribué à Joseph). Embarquement dans le
Bosphore.

49 — ÉCOLE FLAMANDE. Canards.

50 — VAN DER WEYDEN (Attribué à). Le crucifiement.

51 — ÉCOLE FLAMANDE XVᵉ siècle. Descente de croix.

52 — LE GRECO (Attribué à). Portrait d'homme. Cadre bois
sculpté ancien.

53 — LINGLEBACH. Partie de chasse.

54 — ÉCOLE FLORENTINE XVᵉ SIÈCLE. Portrait d'un écri-
vain. Très beau panneau de la fin du XVᵉ siècle.

55 — FERRARA. Madone et enfant entourés de quatre saints.
Très belle peinture provenant de la collection du prince Fre-
derick Duleep-Singh.

56 — REMBRANDT (Attribué à). Portrait d'homme, ce beau tableau provient de la même collection.

57 — KNELLER (Ecole de). Portrait de femme.

58 — NETSCHER. La Partie de musique.

59 — ECOLE FRANÇAISE. Réunion galante.

60 — LE DUC. Paysage.

61 — ROMNEY (Attribué à). Petites Baigneuses.

62 — NASMYTH. Intérieur de palais avec figures.

63 — LEDUC (Mlle). Buste d'enfant.

64 — CUYP. Le Marché dans un village.

65 — ECOLE HOLLANDAISE. Marine.

66 — BERGHEM (Ecole de). Paysage avec figures.

67 — ECOLE FLAMANDE. Voyageurs.

68 — VAN DER NEER. Port de mer.

69 — ECOLE FRANÇAISE XVIIIᵉ SIÈCLE. La Flamme de l'Amour.

70 — ECOLE FRANÇAISE XVIIIᵉ SIÈCLE. Buste de femme. Pastel.

71 — ECOLE FRANÇAISE XVIIIᵉ SIÈCLE. Pastorale.

72 — ECOLE FRANÇAISE XVIII SIÈCLE. Portrait du sculp-
teur Cailleux. Très beau pastel.

73 — ECOLE FRANÇAISE XVIII SIÈCLE. Quatre panneaux :
Les Quatre saisons.

74 — SANTI. La Madone.

75 — ECOLE FRANÇAISE. Portrait de femme. Pastel.

76 — ECOLE FLAMANDE. Portrait de Rubens.

77 — DE WITTE. Ruines avec figures et animaux.

78 — HORACE GUIRLING. Chiens.

79 — CASSAS. Ruines en Syrie avec figures. Grande aquarelle,
signée et datée 1826.

80 — CASSAS. Grande aquarelle faisant pendant avec la précé-
dente, signée et datée.

80 *bis* — ECOLE ANGLAISE. Couple de paysans hollandais.

MINIATURES, BOITES, OBJETS DIVERS

PORCELAINES, DENTELLES

81 — Diane endormie, miniature.

82 — L'Amour réprimandé, miniature.

83 — La Musique domptant les fauves, miniature.

84 — Petit portrait de femme Époque Empire, miniature.

85 — Après la bacchante, miniature.

86 — Tabatière en écaille avec gouache représentant une chasse
au cerf, miniature attribuée à Blaremberghe.

87 — Boîte ronde en écaille avec miniature : Buste de femme.

88 — Bonbonnière émail sur argent, décor chinois avec reliefs.

89 — Grande bonbonnière émail sur argent, décors reliefs et
sujets divers. Époque Louis XIV.

90 — Miniature ovale : Portrait de femme de la Révolution.

91 — Miniature : Buste de femme. Époque Empire.

92 — Miniature : Buste de femme. Époque Louis-Philippe.

93 — Miniature : Buste de femme, même époque.

94 — Boîte ivoire avec miniature portrait de femme.

95 — Porte-cartes en vernis Martin.

96 — Boîte du xviii" siècle en agate, peinture vernis Martin.

97 — Boîte argent doré et ciselé avec émail.

98 — Émail de Limoges du xve siècle : Saint Jean-Baptiste.

99 — Autre petit émail : Saints.

100 — Autre petit émail : Saints.

101 — Boîte émail vert sur argent, miniature deux enfants.

102 — Miniature sur vélin : Portrait de femme, cadre bronze
ciselé Louis XV.

103 — Autre miniature sur vélin avec cadre pareil.

104 — Miniature époque Empire : Femme au turban.

105 — Miniature ovale : Buste de femme.

106 — Grande miniature : La femme à la harpe.

107 — Quatre tasses porcelaine pâte tendre de Sèvres, décor bleu,
guirlandes et roses.

108 — Coupe dentelle point de Venise, 1 m. 80.

109 — Coupe dentelle application point à l'aiguille, 10 m. 15.

110 — Coupe dentelle point de Bruges, 5 m. 70.

111 — Coupe dentelle point d'Irlande, 7 m. 90.

112 — Coupe dentelle point de Bruxelles, 2 m. 25.

113 — Mouchoir finement brodé avec Valenciennes. Époque Louis XVI.

114 — Col point de Bruges.

115 — Coupe dentelle point de Venise, 12 m. 5o.

116 — Coupe dentelle point d'Irlande, 5 m. 10 (grande hauteur).

117 — Coupe dentelle point de Bruges, 9 m. 6o.

118 — Coupe dentelle application Valenciennes, 4 m. 35.

119 — Coupe dentelle Cluny, 10 mètres.

120 — Objets ornis.

RED. :

23

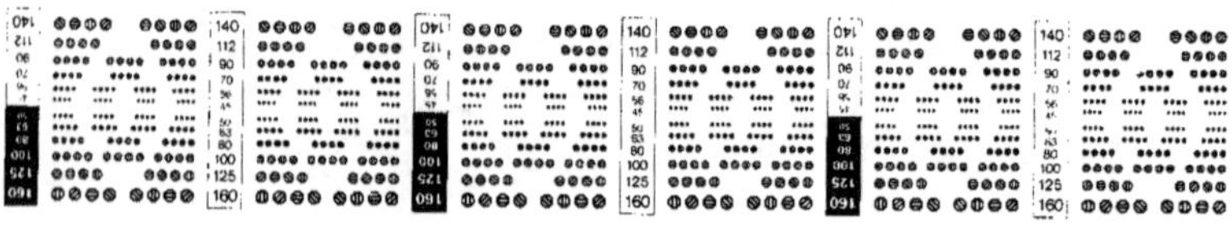

379.89/0
graphicom

0 1 2 3 4 5 6 7 8 9 10